KB062639

행인의 마음까지 청소를 한다

김병환 시집

행인의
마음까지

청소를
한다

다차원북스

세상을 살아가면서 삶이 무엇인가?
많은 사람들이 이기주의와 소외감에 빠져 방황하며
가슴속에 말 못할 고민을 품고 있습니다.

행복이란 눈이나 비처럼 하늘에서 떨어지는 것이
아니며 제비가 박씨를 물어다 주지도 않습니다.

행복은 찾는 것이 아니라 스스로 만드는 것이며
높은 담벼락도 여러 개의 작은 벽돌로 쌓아지듯
다른 사람의 행운을 부러워하지 말고 내 행복에
감사하는 마인드를 길러야 합니다.

《행인의 마음까지 청소를 한다》 시집은 미흡하고
부족합니다. 하지만 삶을 진지하게 살려는
중년들 마음에 기댈 수 있는 작은 어깨가 되어
행복의 조건이 살아나고 고통과 고난을
헤쳐 나가는데 보탬이 조금이나마 되길 바랍니다.

2015년 2월 19일
김병환 拜上

차례

새해 새아침

새해가 밝았습니다.
시니어의 광복 70년

남은 것은 무엇이고
버린 것은 무엇인가

더하기와 곱하기만 알고
삶을 살았다면

나누기와 빼기도 알고
살아야 할 연륜입니다.

삶에 허덕이다
돌아볼 여유와 시간이 없었다면

새해 새아침부터
아리랑 마음으로 출발하셔요.

나눔과 배려 속에
감사는 싹트고 자랍니다.

가난한 마음

욕심이 적으면
행복이 크다고

마음이 가난하면
복을 받는다고

욕심 없고 마음 가난하면
행복과 사랑이 넘친다고

마음에 없는 말
누구 말인가

그렇게 쉬운 삶
왜 고생하며 사시나요.

절망 속에 반복인생
한숨만이 보약이다.

가을바람

가을바람에 나뭇잎 떨고
풀잎은 고개 숙이니
동장군이 올려나보다.

가을바람에
옷은 두꺼워지고
마음은 허전해진다.

가을바람이 불면
마음을 데워서
욕심을 꺼내 버려야 한다.

마음에 울림이 있어야
육신도 생각도
겨울을 버틸 수 있다.

가을 부부

돌담길 오솔길에
황혼 빛 내리쬐면

가을바람 불어와
단풍잎 떨어지고

실버부부 걸어간
서리 내린 돌담길

황혼 빛 발자국에
외로움 담겨 있네

가을비

가을비 내리는 토요일
어디론가 떠나야 하는데
가을비가 발목을 잡는다.

몸이 늙으면 마음도 늙나
생각은 떠나고 싶은데
몸과 마음이 움직이지 않는다.

빗방울이 바위를 뚫는 것은
빗방울의 힘이 아니라
꾸준함이 뚫는 것인데

가을을 마시고 싶다

삶의 슬픔과 눈물을 뺀
가을 한잔 마시고 싶다.

길가에 외로운
들꽃 향에 취하고 싶다.

찬 서리 낙엽 향 첨가한
가을 한잔 마시고 싶다.

떨어진 낙엽 포개 앉아
닥쳐올 한파 생각해도

외롭고 쓸쓸해지지 않는
가을 한잔 마시고 싶다.

가을은 시니어 계절
겨울은 실버계절이다.

가장이란

가장이란 힘든 직업이며
무거운 직책이다.

남녀노소 누구나
가장이 되면

바람 불면 흔들리고
비가 오면 비에 젖고

강풍 불면 엎드리는
갈대와 같다.

강하면 부러질까봐
흔들리며 살아간다.

상황파악 잘못하고
하늘만 보다가는

평생을 고통과 장애로
살아야 한다.

가지 마라

친구야 가지 마라
나두고 가지 마라
너 가면
나는 어떻게 살라고

너 죽으면 고소한다
소송비는 네 몫이다
돈 아까우면 가지 마라
먼저 가면 안 된다

가지 마라 목멘 소리
친구가 운다. 나도 운다
울지 마라
친구 간 우정 눈물은 안다

부모 없이 자란 설음
한도 많은데
나도 갈 데가 되었나
삶이 허물어진다.

개척이란

광부가 목숨 걸고
금을 캐는 것과 같다.

물고기가 어항을 떠나
강으로 가는 것과 같다.

천리 길도 한 걸음부터
성급하지 말아야 한다.

거절은 무효가 아니라
다음이라 생각하라.

개척이란
나를 알려야 한다.

발로 뛰고 얼굴 도장 찍고
명함 돌려야 한다.

개천절

대한민국 하늘이 열린 날
국민 모두의 마음도 열려야 한다.

상처와 옹졸함으로 닫혔던
마음이 활짝 열려야.

국회도 열리고
가진 자의 지갑도 열리고

수출의 문도 열려
경제가 살아나야 한다.

경제가 살아나야
취업도 잘되고

가족 간 이웃 간
사랑의 문도 열린다,

건강이란

몸이 힘들면 마음이 힘들고
생각도 느리다.

몸이 아프면 마음도 아프고
생각은 절망이다.

몸이 건강해야 마음도 행복하고
희망도 생긴다.

이름 석 자 남기려다 병들게 하지 말고
건강관리 잘해야 한다.

몸이란 움직이면 건강해지고
영혼은 천천히 온다.

게으름

세월이 흘러가듯
인생도 흘러간다.

구름에 달 가듯
청춘도 업혀 간다.

게으름과 친구 되면
핑계만 쌓이고

게으름에 물들면
굼벵이가 된다.

게으름이란
발목 잡는 쇠사슬이다.

고뇌의 향기

뿌리가 썩어 향기가 되듯
기다림 속에 물이 끓는다.

침묵 속에 고뇌하면
마음의 문이 열리고

김치가 성숙되듯
자식들도 숙성된다.

실패의 고통 뒤엔
후회와 깨달음

고뇌의 향기가
삶을 안내한다.

고슴도치 사랑

공허함과 고독 속엔
고슴도치
사랑을 하여야 한다.

생각과 갈 길이 다른 사람은
품으면 품을수록
상처만 생긴다.

적당한 거리
껴안지 않아도
용서의 사랑을 해야 한다.

이해와 배려
웃음과 존경이 가득한
사랑을 해야 한다.

고향

뻐꾸기 울음소리에
감자 꽃 피고

소쩍새 울음소리에
열매가 익는다.

찬바람 불어와
문풍지 두드리면

집 떠난 자식 생각에
눈시울 붉어진다.

불필요한 잡생각에
겨울밤은 깊어만 간다.

고향 가는 길

고향 가는 길
출발부터 차가 밀리고
눈이 내린다.

반겨줄 사람 없는 고향
어머님이 그리워
옛정이 그리워 간다.

힘들게 찾은 고향
반기는 사람 없는데
까치만이 반겨주네

따스하던 옛 마을은
어디로 가고 쌀쌀한
찬바람만 부는 군아

눈 내리는 고향 길
눈이 눈물 되어 흐르니
가슴이 마음을 적신다.

과거를 잊자

마음의 먼지를 털어내야
희망의 싹이 돋아난다.

마음의 텃밭에 잡초를 뽑고
희망의 씨앗을 심자!

과거에 집착하면 잡초만 자라고
희망의 뿌리도 삭아서 없어진다.

과거를 곱씹는 것은
불행을 기다리는 것이니

망각의 지우개로 깨끗이 지워
색다른 문을 열어야 한다.

과거는 부도난 수표
오늘은 현금이다.

골프를 하면서

골프는
상류층 운동이 아니라
인생의 교도소다.

출발역에서 종착역까지
누구나 고속열차를 타고 싶지만
욕심 때문에 간이역에 봉착한다.

벙커와 해저드를 피해
페어웨이에서 그린에 공 올려
땡그랑 소리를 듣고 싶으면

욕심 버리고 머리 숙이고 어깨 힘 빼고
서민들이 지나간 길 따라가면 되는데
잘못된 욕심이 장애물을 만든다.

남이 잘못하면 안타까워하고
잘하면 기뻐하며 배울 때
골프의 지름길은 짧아진다.

걱정이란

조급한 마음이 미래를 불러오고
핑크빛 미래가 걱정을 가져온다.

실패란 쓴맛 없이 단맛만 찾는다면
욕심은 배가 되고 육체는 노쇠 된다.

소낙비 내린 후에 무지개가 생기듯
고통을 겪어야 행운이 찾아온다.

역주행 과속운전 행운은 지나가고
물레방아 인생길에 웃음꽃 피어난다.

겨울비

겨울비가 내리네
처진 어깨 내리네

시니어 가슴에
겨울비가 내리면

나뭇잎 흔들리듯
다리가 흔들린다.

겨울비가 내리면
승용차도 벌벌 떤다.

깨어있으라

시간은 오는 것인가
가는 것인가

내 시간의 잔고는
얼마나 남았을까

쇠털같이 많은 날
남은 시간 알고 싶다.

가는 세월 잡을 수 없고
오는 시간 멈출 수 없듯

삶의 망각 속에
추억을 만들어야 한다.

잠자는 시간을 줄이고
즐거움을 늘려야 한다.

꽃나무의 겨울

봄에는
꽃과 향기를 주고

여름에는 그늘로
더위를 막아주고

가을에는 단풍으로
마음을 물들였기에

겨울에 춥지 말라고
옷을 입혀 주었나보다.

낙엽이 되고 싶다

가을비를 맞으면
낙엽이 빨리 되듯

내 마음 낙엽 되고파
우산 없이 비를 맞는다.

가을비는 차갑다.
내 몸은 뜨겁다.

가을비처럼 몸도 차야
마음도 비울 수 있나보다.

비를 맞아야 옷이 젖듯
마음을 비워야 가을이 온다.

겨울이 오기 전
내 마음 낙엽 되고 싶다.

내 탓이요

부정한 마음이
고통을 만들고
독선과 고집이
소통을 막는다.

은혜와 감사가
명품을 만들고
배려와 나눔이
부족을 채운다.

지옥과 천국도
마음이 만들고
인생길 험한 건
모두가 내 탓이다.

험한 길 가다보면
지름길도 나오고
걸림돌이
디딤돌 된다.

노후 건강

돈보다 명예보다
건강이 최고
건강을 잃으면
모든 것을 잃는다.

누구나 웰빙 하며
실버노후 꿈꾸지만
근심과 욕심이
건강을 좀먹는다.

젊었을 때 푸른 꿈도
장년 되면 포기하듯
욕망은 버리고
감사로 참회하며

울림의 마음속에
겸손을 채울 때
실버노후 예약되고
건강은 돌아온다.

노후 준비

나무도 가을 되면
단풍잎 만들어
떨어버리듯

노인이 되면
욕심 버리고
월동 준비해야 한다.

살아 있는 지금이
천국이다.
옹고집 부리지 말라.

병들어 베풀면
욕만 먹고
저승길은 험난하다.

눈 내리는 밤

실버 머리에
하얀 눈이 내리네

옷도 하얗고
신발도 하얗고

마음도 하얗고
세상이 깨끗하다.

눈 위에 하얀 발자국
눈 녹으면 물이 되듯

나의 소망도 욕심도
세월 가면 꿈이겠지

눈이 내리면

눈이 내리면
발자국을 남기고 싶다.

고향집 오솔길에서
내가 사는 곳까지

추억의 발자국
삶의 희로애락

하얀 눈 위에
흔적을 남기고 싶다.

봄 되면 녹을지라도
향기는 남기고 싶다.

단풍 인생

청춘도 한때 단풍도 한때
남은 세월 낙엽 되기 전
후회 없는 삶을 살라!

생각의 크기를
먼 산 단풍 보듯 해야
마음도 편하고 세상도 편하다.

옹졸한 생각 옹졸한 마음
옹졸한 행동이
옹졸한 사람을 만든다.

달맞이꽃

달님이 보고 싶어
비바람 이겨내며
달님 기다리는 꽃

비 오는 날
달님이 안 오셔도
미소 짓는 달맞이꽃

세상사 마음대로
안 되는 걸 알면서도
기다리는 달맞이꽃

달맞이 꽃향기에
인내심이 생기고
마음은 행복하다.

도시락

쌀의 뉘를 고르고
돌을 분리하고

깨끗한 물로 씻어
호호 불어 지은 쌀밥

쌀밥 먹고 자란 나
정성 먹고 자랐지.

철부지 때 모르던
도시락 사랑

하늘나라 어머님께
머리 숙여 속죄한다.

돈 찾아

돈 찾아 떠날 사람
정 주고 슬퍼 마라

사랑의 비극은
준비된 시나리오

돈 찾아 떠날 사람
정 준다고 아니 가나

돈 주고 정 줘도
돈 없으면 떠나간다.

정 주고 돈 잃는
어리석은 남자

돈이란

사람 나고 돈 났지
돈 나고 사람이 났나

누구의 말이고
누구의 노래인가

양반과 재벌
상놈과 빈곤

나눔과 배려
존경과 사랑

문제의 정답은
돈이 해결한다.

동짓날

눈이 내린다.
서러움 달래려고
눈이 내린다.

어수선한 연말
서러움 쌓인 자투리
모임도 많다.

흰 눈이 내려
욕심을 덮는다.
미움을 덮는다.

한 해가 가시는 길
희망이 오시는 길
흰 카펫 마중한다.

동지가 지나면
욕망의 삶도
움트기 시작한다.

동짓달

동짓달 보름달에
내 마음 비춰 보니

마음이 불투명해
희망이 안 보이네

달님을 만나면
내 마음 투명해질까

달님 찾아 동쪽으로
차를 몰고 달렸건만

이태백과 산토끼가
사는 곳은 보이는데

살아서는 못 가는 곳
달나라 하늘나라.

들국화 인생

들에 핀 들국화
풍파를 견디다

꽃잎이 떨어져
별 볼일 없지만

자연과 살아서
향기는 진하다.

온실 속 국화만
꽃으로 찾지 말고

찬 서리 내리기 전
눈길 한번 주시면

들국화는 향기를
아낌없이 풍긴다.

리어카와 늙은이

따스한 햇살이
어머님 마음같이
느껴지는 가을 아침

한 주를 시작하는
출근길 발걸음이
시계초침과 같다.

초침의 틈새에는
리어카가
늙은이를 끌고 간다.

벌어야 연명할 수 있다는
분침의 마음을
리어카는 알고 있나보다.

먼~훗날
리어카에 끌려가지 않으려면
인생길 똑바로 가야 한다.

마음 그릇

누구의 마음이 크고 작고
좋은지 알 수는 없다.

잡을 수 없고 볼 수도 없고
냄새도 없고 색깔도 없는 것이

삶의
희로애락을 운전한다.

그릇 크기에 따라 쓰임새가 다르듯
사람의 마음도 가지각색

빈 그릇, 담긴 그릇, 넘치는 그릇
슬픔도 나누고 행복도 나누고

정보도 공유할 수 있는
국자 같은 사람은 언제 올려나

마음의 초점

눈의 초점보다
마음의 초점을

한쪽 눈보다
두 눈으로 보라.

태양을 보지 말고
북극성을 보라.

색안경 벗고
초점을 맞추라.

큰 나무 보지 말고
묘목부터 심어라.

미소란

감사와 존경이 없는
미소는 비웃음이다.

목사님 미소와
사기꾼 미소가 다르듯

불행이 문을 열면
미소는 자취를 감추고

감사가 문을 열면
미소는 돌아온다.

미소란 감사와
기쁨의 표현이다.

미화원

고요와 적막 속에
별님은 졸고
가로등이 보초를 선다.

자연의 배설물과
인간의 쓰레기가
마실을 가기 전에

미화원은
달님과 함께
청소를 한다.

부패를 예방하고
깨끗한 삶을 위하여

행인의 마음까지
청소를 한다.

믿음

들어봐야 믿는 사람
들어봐도 안 믿고

보아야 믿는 사람
보아도 안 믿습니다.

마음이 콩밭인데
믿으라면 믿어지나.

듣고 싶은 것만 듣고
보고 싶은 것만 보는 사람

지식도 지혜도
용기도 없는 사람

잘난 척 아는 척
두고두고 후회한다.

봄이 오면

봄이 오면
욕심과 미움을 꺼내서

아지랑이한테
짝지어 보내야 한다.

용서와 미움이
떠난 자리

허무가 찾아와
살지라도

마음의 상처를
치유하려면

용서와 미움은
보내야 한다.

반년 삶

한 해의 반년을
마감하는 날

몸도 마음도 지친
6월의 마지막 날

강물 같은 세월에
연륜의 나이테 새겨지고

북극성 없는 삶의 길
사는 것인가 살아내는 것인가

나침판은 있는데
방향설정 못하는 마음

몸도 마음도
구름같이 들떠 있다.

병실에서

눈물이 볼에 흐를 때
조용히 눈을 감는다.

삶이 여기까지라면
왜 고생했나

생은 이어가는 것이
삶은 희로애락인가

무슨 미련 때문에
생명줄 못 놓나

바람이 지나가면
흔적조차 없는데

삶의 풍천등화
자식들 얼굴뿐이네

보릿고개

해 길고 배고픈 오뉴월
허리띠 조이고 점심 거르던 시절

꾀꼬리 노래에 청 보리는 익어가고
찔레꽃 꺾으면서 허기를 달랬다.

남의 집 굴뚝 연기가 배고픔을 부채질하고
소 풀 베러 가는 발걸음 천근만근

한 서린 지개 장단에 설움을 달래던 시절
하늘나라 어머님 생각에 눈물이 난다.

봄비

봄비가 내리면
움막집은 문을 연다.

봄비 소리에
버들강아지 눈뜨고

개나리
노란미소에

진달래
얼굴 붉어진다.

새싹들의
노랫소리에

농부는
일터로 나간다.

부모님 산소에서

달빛도 처량한 외로운 골짜기
부엉이 울음에 어둠이 걷히고
풀벌레 소리에 해가 뜬다.

남겨준 것 없는 마음 잔디가 되고
근심과 소망은 이슬이 되었나!

부모님 산소에 찬 서리가 내리면
내 가슴에 성에가 낀다.

형제간 우애보다 돈이 더 좋은 세상
자식의 마음 부모님은 아실 꺼다.

뿌리 없이 태어났다

욕심이 늙으면
망령이 되나보다.

손바닥으로
하늘을 가리려 든다.

부모 없이 뿌리 없이
혼자서 자랐고

부모형제는 걸림돌이고
혼자 돈 벌었다고 한다.

부모재산 욕심나면
눈도 멀고 마음도 미치나

하늘나라 갈 때는
진솔하게 말하려나

사계절

소년은 아침 햇살에
꽃망울을 터트리고

청년은 폭염 속에
젊음을 불사르고

장년은 저녁노을에
무거운 짐을 벗고

노인은 흰머리에
고목이 된다.

고목 속에 광솔은
불 밝힐 날 기다린다.

삶이 힘들 때

가는 세월
잡을 수 없다면

조용히 천천히
잔잔하게 살면 된다.

무겁고 각이진 마음
망치로 뽀개고 부셔

고운 채로 걸러서
소복이 쌓아 놓고

호수 같은 마음으로
잔잔히 살아야 한다.

삶이란

오늘은 너 내일은 나
모레는 내년에는

모든 사람 다 죽어도
평생 살 것 같은 욕심

죽음 생각 못하고
욕심만 쌓다가

욕심쟁이 갈 때는
가족도 타인이다.

베풀 걸, 참을 걸, 잘살 걸
후회할 줄 알면서도

버릴 줄 모르는 욕심
저승길에 욕심은 가져가시길.

상류 인생

나그네 가는 길에
행운이 동행하고

가치 있는 삶에
행복의 싹이 튼다.

나눔의 생활 속에
행복지수 배가 되고

배려 있는 생활 속에
존경의 싹이 튼다.

출세와 성공이란
고통 위에 행복 쌓기

평범한 삶이
상류 인생이다.

상처

하루에 한 번씩
마음의 상처를 입는다.

친하다는 사람한데
정신적 상처를 입는다.

화가 올라오다 목에 걸려
가슴에서 썩는다.

화라는 텔레파시가
부패에서 발효될 때

마음은 진정을 찾고
나는 군자가 된다.

그렇게 살아야
상처도 치유된다.

새벽기도

하얀 아침에
하얀 기도를 한다.

하얀 마음에
검은 물들지 않고

하얀 마음으로
살게 해달라고

나와 나의 가족
모든 사람들이

하얀 마음 갖도록
기도를 한다.

생각을 말자

한 번 사는 인생
내일을 생각말자.

내일을 걱정하면
오늘은 가고 없다.

근심도 걱정도
하루치만 하고 살자.

내일은 새로운 날
무지개가 뜬다.

원망도 절망도
비바람이 몰고 간다.

석양을 잡다

가지 말라고 넘지 말라고
너 가면 나도 가야 한다고

지는 해 잡을 수 없고
늙는 삶 멈출 수 없다.

잡는다고 석양이 멈추고
안 먹는다고 늙지 않으면

가는 세월 원망 안 하고
얼마나 행복하게 살까.

어둠이 찾아와 눈을 가리면
마음의 문도 빗장을 친다.

아침 해는 다시 뜨지만
빗장 친 문은 열릴 줄 모른다.

소고집

상대 고집 세다고
욕하지 마라.

그 고집 꺾으려는
내 고집은 약한가

내 자신 고집불통
나 모르고 다들 안다.

저항하면 고통 되고
순응하면 행운 된다.

거울보고 자문자답
나 자신은 모른다.

술이란

가는 세월 아쉬워서
만난 사람 반가워서

감추었던 속마음도
펼쳐놓고 흥정한다.

부어라~ 마셔라~
왁자지껄 하하 호호

어렵고 힘든 일도
지름길에 일방통행

신부님 안 계셔도
고해성사 잘들 한다.

깨고 나면 후회해도
술과는 이웃사촌

아내의 잔소리
그래도 술이 좋다.

소주 한 병

한 잔 술에 아쉬움 가고
두 잔 술에 미움 가고

석 잔 술에 그리움 가고
넉 잔 술에 외로움 간다.

다섯 잔 술에 욕망은 잠들고
여섯 잔 술에 세월을 한탄한다.

일곱 잔 술에 삶의 쓴맛 없어지니
소주 한 병은 인생의 스승이다.

서럽고 서럽다

가진 자를 우러러 보는
내 마음이 서럽고

돈 주는 사람한데
굽실거리는 내가 서럽고

우울한 마음 버리지 못하는
내가 바보라서 서럽고

청춘을 건너뛴 세월에
붙어사는 내가 서럽다.

순수한 삶

순수함이란
신이 내린 축복이다.

우러름을 받고 싶어
거짓으로 살아가면

사후에 짐승 되어
가진 수몰 다 당한다.

순수하지 못한 마음
자손대대 이어진다.

순수하지 못한 사람
국어 산수 모르는 사람

실버가 좋다

괴로움 잊고
기분 좋게 살자

젊을 때 못 놀은 삶
실버 때 놀고 가자

곱게 핀 꽃밭에는
벌 나비 춤추지만

시든 꽃 진자리엔
열매가 주렁주렁

마음이 청춘이면
나이는 숫자이다.

실패란

실패했다고 낙심마라
성공의 밑거름이다.

상처에 새 살이 오르듯
인내를 배우는 것이다.

실패란 지혜를 쌓는
숙련의 시간이며

걸어온 길 뉘우치는
스승이며 동반자다.

실패란 찐빵의 앙꼬요
계란의 노른자다.

심은 대로

자갈밭에 잡초 나고
근심 밭에 걱정 난다.

긍정 씨앗 행복 열매
부정 씨앗 불행 열매

뿌린 대로 심은 대로
세상은 공평하다.

부처님 빙긋 웃네
사람 마음 갈대라서

계절은 변하는데
사람 마음 안 변하네

마음만 셀프 하면
감사함이 샘솟는데.

안개 속으로

오늘도
안개 속을 걷는다.

보이지 않는
무언가를 찾아서

삶이란
안개 속에서

찾는 건가
헤매는 건가

보이지 않고
오지도 않을

꿈을 꾸면서
안개 속을 헤맨다.

양심

양심이란
언제 생기고
언제 없어지나

양심이란
보면 생기고
안 보면 없어지나

보든 안 보든
마음에 양심은
싹트고 자라야 하는데

가진 자와 없는 자 양심
지식인과 권력자 양심
매스컴이 양심을 없앤다.

행복한 삶을 위하여
기본양심은 지키고
살아야 한다.

양파를 까면서

실패와 절망
희망이 안 보일 때
양파를 까고 싶다.

마음이 무겁고
삶이 힘들 때
양파를 까고 싶다.

약한 마음
보일 수 없을 때
양파를 까고 싶다.

삶의 희, 로, 애, 락,
울어야 아픔이 가고
울어야 열풍이 식는다.

얼굴 찌푸리면

마음이 쓰리고 아플 때
얼굴 찌푸리면
상대 마음 더 아프다.

마음이 힘들고 무거울 때
얼굴 찌푸리면
행복은 가고 불행이 온다.

마음이 괴롭고 지칠 때
얼굴 찌푸리면 상대편
마음에 주름살 생긴다.

마음은 보이지 않는 거울
마음이 웃으면 얼굴도 웃고
상대도 웃는다.

엄마

엄마라는 문자가
핸드폰을 흔든다.

엄마의 걱정이
엄마의 영혼이

한 해가 가기 전에
보고파 듣고파서

눈보라 제치고
달려와서 울린다.

지는 해 마감 전에
울 엄마 보고 싶다.

어머님 생신날

음력 7월 20일은
하늘에 계신 어머님 생신날이다.
백리 길 달려 왔건만
떨어진 이불 덥고 말이 없다.

향불 앞에 케이크 놓고 술잔 올려도
인자하신 어머님은 말씀이 없다.
못난 자식 술잔 올리며
후회와 용서 빌고 또 빈다.

산소에 들국화 세 포기 심으며
들국화 키우시고 계시면
못난 자식 꽃 피면 온다고
어머님과 약속을 했다.

옛날이 그립다

의식주는 힘들었지만 옛날이 그립다.
잘살아 보자고 노래했던 시절
가진 건 없었지만 마음은 부자였다.

폭력과 불신이 허세를 부리니
삼강오륜은 이민을 가고
법과 도덕은 고개를 숙인다.

공자도 샘냈던 동방예의지국
세상을 떠날 때 다 놓고 간다는데
윤리와 도덕은 조상 따라 갔나 보다.

오지랖

오지랖 크기가
여자를 평가하고

그릇 크기가
남자를 평가하나

크기의 평가 보다
마음을 먼저보라.

절차가 무시당하고
짝퉁이 활개를 치니

살았냐는 이민 가고
사느냐가 활개 친다.

동방예의지국
어느 나라 말인가.

오죽하면

욕심밖에 없는 놈이
부모 은덕 모르고
제 자식 부자 되어
사후 성찬 바라네

재물에 욕심까지
모두 주고 기원해도
이웃들 비웃음에
행운은 떠나간다.

자식 행복 원한다면
욕심은 안 줘야지
마음이 검정인데
날 밝는다고 맑아지나

대물림이 따로 있지
욕심까지 물려주나
오죽이란 두 글자가
내 마음을 편하게 한다.

욕심이 문제

세상 너무 힘들게 산다.
먹고살만하면
욕심은 버려야 하는데

무슨 놈의 욕심이
봉숭아 꽃씨처럼
터져 나올까?

지나고 나면 모든 것이
후회뿐인데
언제 내 마음 사랑방이 될까.

모든 사람이
벙어리, 장님, 귀머거리
바라지 말고

부족하게 먹고살며
배려와 나눔의 길을
가야 한다.

우수

아지랑이가
동장군을 깨우면
동장군은 떠날 준비를 한다.

동장군 떠나는 소리에
버들강아지 눈뜨고
개구리는 잠에서 깨어난다.

논두렁 불 연기에
만물은 수줍은 미소로
봄을 맞는다.

농부의 손에서
시작된 봄은
녹색으로 물들인다.

우정

내 곁이 너 없으면
장님이 되고

내 곁에 너 없으면
벙어리 되고
내 곁에 너 없으면
실바람 된다.

둘이서 걸어온 흔적
지울 수 없고
둘이서 쌓아온 우정
버릴 수 없다.

내 곁에 너 없으니
발걸음이 무겁다.

을의 생존법

삶을 유지하려면
아니꼽고 더러워도
웃어야 한다.

횡포와 냉대를 참고
분과 설음을 삭이고
마음을 접어야 한다.

몸과 마음을 낮춰
갑의 의중을 알고
행동하여야 한다.

가족이나 친구보다
갑을 중요시하는
마음을 가져야 한다.

수레바퀴가
소의 발자국을 따르듯
순응하면 된다.

이삭을 줍자

가을에는 이삭을 줍자
버림받은 이삭을

주운 이삭 정성들여
봄에 씨앗을 뿌리자

흙탕물 속에서
연꽃이 피듯

버려진 씨앗에
희망을 주자

한파가 오기 전에
보금자리를 찾아주자.

인생

인생의 해는
서산에 기울었는데

무엇을 탐내고
누구를 탓하나

주어진 삶
테두리 돌다

흐르는 물처럼
떠나갈 건데

상대 가슴에
상처 내지 말고

바람처럼 구름처럼
살다 갑시다.

인생 시계

어떻게 사느냐 보다
살았느냐가 중요하다.

부모 잘못 만나는 것도
속도계 고장인가

불행의 시나리오
작가를 원망 말고

열정은 행복을 만들고
나태는 노예를 만드니

오늘의 주인이 되라
행복의 문이 열린다.

세월에는 심판 없고
작전타임도 없다.

인생 학교

인생이란 학교에는
성공이란 과목은 없다.

실패와 좌절만이
필수 과목이다.

상대가 주먹 내면
가위를 내고

상대가 가위를 내면
보를 내야 한다.

내 마음이 편해야
삶의 길도 순탄하다.

지식은 빌려오는 것
지혜는 찾아내는 것

그래서 인생 학교에는
선생이 없다.

자연 선물

이슬비 내리면
새싹이 돋아나고

소낙비 내린 뒤
무지개 솟는다.

아지랑이 춤추면
개나리 피고지고

푸르던 잎 단풍 되면
하늬바람 불어온다.

동장군이 찾아오면
함박눈이 내리듯

자연 속에 희로애락
순종하면 행복하다.

저승 가기 전에

저승 가기 전에
하늘나라 부모님께
드릴 선물 부치고 가야 한다.

저승 가기 전
말 못하고 가슴에 담아둔
이야기 써놓고 가야 한다.

저승 가기 전
건강관리 잘해서 하늘나라 부모님
업어 드려야 한다.

저승 가기 전
욕심은 가지고 가서 염라대왕한테
반납해야 한다.

저승 가기 전
후회를 적게 하고 떠날 수 있는
마음을 길러야 한다.

제비한테 배워라

제비는 올 때와
갈 때를 안다.

제비는 은혜를 알고
은혜를 갚는다.

제비는 분수를 알고
분수에 맞게 산다.

제비는 큰집 보다
반듯하게 짓고 산다.

제비한데 배워야
남쪽나라 갈 수 있다.

주름살

울 때는 눈가에
웃을 때는 입가에

힘들 때는 이마에
아플 때는 가슴에

세월 가면 손발에도
생기는 주름살

상대 없는 삶에도
주름살은 생기는데

주름살 없는 사람
어떤 삶을 살았을까?

중년의 발걸음

서슬 바람에
으악새 슬피 울고

찬 서리에
만물은 고개 숙인다.

두견새 소리에
낙엽은 떨어지고

떨어지는 낙엽 밟으며
살아온 길 회상한다.

솔새도 떼 지어
보금자리 찾는데

길 잃은 중년의 발걸음
힘이 빠져 못가네.

중환자실

똥 소리 오줌 소리 고통 소리~
영혼도 길을 잃고 헤매는 곳

저승사자와 천사가
함께 사는 곳

천사의 눈물에
저승사자 찾아오고

천사의 웃음소리에
저승사자 도망간다.

천사의 미소에
환자는 생명줄을 잡는다.

화장실 없는 중환자실
천사의 보금자리.

지식인이란

지식인은
나보다 이웃을
더 사랑해야 한다.

지식인은
예의와 도덕이
몸에 배어야 한다.

지식인은
마음의 무게를 달 수 있는
저울을 갖고 있어야 한다.

지식인이라 자칭하는 자
말과 행동을 반대로 해야
지식인소리 듣는 줄 안다.

짐이란

무거운 짐보다
가벼운 짐 찾아
헤매고 헤매지만

물살이 센
냇물 만나면
무거운 짐을 선호한다.

화물차가
짐을 실어야
헛바퀴 안 돌고 오르듯

내 등에 짐이
무거워야
불의와 안일을 물리친다.

내 삶의 짐
고행이 아니라
행운의 선물이다.

찬밥

세상에 태어나서
열심히 살았지만

찬밥을…
면할 수 없는 세상

찬밥이란
고부간의 갈등처럼

삶이 끝나는 날까지
끈질기게 동행한다.

찬바람 불고
서리 내릴 때

찬밥이 되면
한파를 이길 수 없다.

초심을 지켜라

어제는 마감
오늘은 시작

원점은
내일도 원점

힘들고 어려운 일
열정이 해결한다.

세상을 돌고 돌아
주인 찾아 떠도는 복

노력과 열정 따라
크기가 달라진다.

마음이 심란할 때
초심을 가져야 한다.

청계천

시냇물 소리에
버들가지 춤추고

아낙네들 빨래터엔
웃음꽃이 피었던 곳

소달구지 지나가니
상인들의 전쟁터

삶의 투쟁 속엔
썩은 물이 흘러갔다

옛날이 그리워서
인공샘물 흘리니

사랑하는 연인들은
날 새는 줄 모르고

주정뱅이 고함소리
잠 못 드는 청계천

추석

고향에 안 가는 마음
달님은 안다.

상가와 식당이 문을 닫고
도로도 휴식을 취한다.

열심히 살았고
고생했던 이야기를

달님만이
들을 수 있는데

올해는 힘들고 어려웠던
소리가 듣기 싫어

달님도 구름 속에서
나오질 않네

달님이 없으니 내 마음
어머님께 알릴 수 없네

추석날 아침

햇살과 과일로 지은 음식을
하늘나라 부모님께 먼저 올리고

살아생전 불효한 죄
평생을 갚아야 하는데

바쁜 핑계로 산소에 안 가도
부모님은 아무 말 안 하신다.

늦게라도 산소 찾으면
반가워하시겠지

보름달은 둥글고 큰데
왜 내 마음은 쪽박인가.

부모님 용서하세요.
지금도 못난 자식입니다.

추억

비가 오면 비에 젖고
눈 내리면 눈을 맞고

바람 불면 바람 속에
묻혀 가면 된다.

삶의 길 가다 힘들면
강물에 업혀 가면 된다.

삶은 머무르지 않는 강물
추억은 거꾸로 흐르는 강

추억에 젖어 길 헤매면
강물도 업고 가지 않는다.

침묵

내뱉는 말 90퍼센트
자기 위한 신상발언

거울도 창문도 안 보고
불만만 내뱉는다

진심만 말해도
믿을 사람 없는데

깨진 독에 물 부으면
두꺼비가 막아주나

실언엔 보상 없다
고뇌 속에 침묵하라

틈새의 삶

틈새 있는 삶이
정겹고 행복하다.

차질 있는 여행이
추억을 남기듯

울퉁불퉁한 나의 길
인생의 조미료

빈틈없는 삶에
웃음은 떠나고

틈새 있는 삶에
희망이 몰려온다.

하늘나라 갈 때

한라산에서 백두산까지
서해에서 동해까지

조선팔도 전국방방
쓰레기는 갖고 가자.

행복한 삶 살라고
아픔도 갖고 가자.

후손들 잘살라고
가난도 갖고 가자.

삼천리금수강산
아름답게 보존하고

자손대대
행복하게 살라고

하늬바람

하늬바람 불면
잠자리 높게 날고

나뭇잎 단풍들고
만물은 마음을 비운다.

하늬바람 불면
삶의 연장을 위하여

버릴 것은 버리고
정리해야 한다.

하늬바람 불면
마음을 비우고

한파에 견딜 수 있는
즐거움을 찾아야 한다.

한 번 사는 인생

똑같이 배워야 하나
똑같이 입어야 하나

똑같이 먹어야 하나
세월 가면 추억인데

행운이 지나가도
노크 할 줄 모르고

험한 길 무거운 짐
낙타처럼 걸어오다

쉬어갈까 짐 내리니
서산에 해 넘어 가네

산에 오른다고
모두다 일출 보나

굽히며 살아온 길
후회는 하지 말자.

한 해를 보내면서

초고속 세월 속에
무엇 하나 한 것 없이

떨어진 낙엽처럼
세월을 원망한다

삶의 수레바퀴는
삐걱거리고

밀려올 풍파에
남은 인생 걱정된다.

고독의 빈 술잔 채워줄
사람이 그립다.

할미꽃

부모님 산소에 할미꽃
무슨 잘못하셨기에

얼굴이 붉어지고
고개를 못 드시나

붉은 얼굴 감추려다
허리까지 굽으셨네

죽어서도 근심 걱정
머리까지 백발이네

향기 없는 꽃이라
벌 나비도 안 오는데

아들 딸 보고 싶어
올해도 또 피었네

행복이란

행복이란 곳간은
주인이 없다.

행복이란 곳간은
감사만이 있다.

감사하는 마음이
행복을 불러오듯

욕심이 떠나가야
잉여 물이 생긴다.

마음이 가난하면
웃을 일만 생긴다.

행복의 문

행복의 문에는
열쇠가 필요 없다.

하심의 열쇠가
필요하다.

마음을 비우면
세상이 편하고

빗장 친 마음도
자동으로 열린다.

허기진 마음

있어도 없는 체
없어도 있는 체

몰라도 아는 체
알아도 모른 체

가식으로 사는 인생
치유해야 행복한데

괴롭고 슬퍼도
가식으로 웃는 얼굴

허기진 마음
언제나 채울까.

헤어질 때

좋아하는 마음 내 마음
싫어하는 마음 네 마음

이별이란 종착역에서
배신이라 생각말자.

사랑은 믿음이 아닌
돈놀이 게임이다.

분노는 건강을 파괴하니
용서의 마음을 키워야 한다.

사랑이란 구름 같은 것
세월 가면 추억이다.

회갑

한파와 비바람 속에
달려온 60년!
회갑이란 두 글자는
고목이란 뜻인가.

거울과 창문을 보고
자문자답 해봐도
무기력은 쌓여만 간다.

바람처럼 왔다가
실버가 되었지만
나만의 공간에서
하얀 싹 키우고 싶다.

행인의
마음까지

청소를
한다

지은이 | 김병환
펴낸이 | 황인원
펴낸곳 | 다차원북스

신고번호 | 제409-251002011000248호

초판 1쇄 인쇄 | 2015년 03월 03일
초판 1쇄 발행 | 2015년 03월 10일

우편번호 | 415-781
주소 | 경기도 김포시 김포한강2로 114, 106-1204
전화 | (031)984-2010
팩시밀리 | (031)984-2079
E-mail | dachawon@daum.net

ISBN 978-89-97659-62-3 03810

값 · 8,000원

이 도서의 국립중앙도서관 출판시도서목록(CIP)은 서지정보유통지원시스템 홈페이지
(http://seoji.nl.go.kr)와 국가자료공동목록시스템(http://www.nl.go.kr/kolisnet)
에서 이용하실 수 있습니다.(CIP제어번호: CIP2015005958)